KB0059637

그런 저녁

박제영
시집

그런 저녁

솔
시선
22

일러두기

책 뒤에 부록으로 이 시집에 실린 시어들 중 사투리, 고유어, 난해하거나 낯선 말 등을 골라 'ㅇ'으로 표시하고 시어의 뜻을 풀이한 '낱말풀이'를 실었다. 우리말의 소중한 언어자원으로 박제영 시인의 시 세계를 올바르고 깊이 이해하는 데에 활용되길 바란다.

　시는 긍정에서 부정을 만드는 억지가 아니라 부정에서 긍정으로 나아가는 위로라고 믿는다. 세상에는 부자보다 빈자가 넘쳐나고, 밝음보다는 어둠이 더 깊고, 기쁨보다는 슬픔이 웃음보다는 울음이 넘쳐나지만 그래도 사람들은 산다. 그들을 지탱해주는 어떤 '긍정'과 '웃음'이 있기 때문이다. 시는 바로 그 긍정과 웃음을 찾아내는 일이라고 믿는다.

　시궁창 속에서도 빛나는 웃음 하나쯤 건져내는 일. 내 시는 그 이상도 그 이하도 아니다.

2017년 2월
박제영

| **차례** |

4부

1부

바람 불어 좋은 날

바람은 만 개의 혀를 가진 능구렁이다
그게 아니라면 저 꽃들
까르륵 까르륵
저리 자지러질 리 없다고 적다가
스무 해 전, 초례의 밤을 떠올리네

만 개의 혀를 가진 능구렁이가 되어
꽃 같은 당신을 친친 감았던가
까르륵 까르륵
동이 트도록
삼베 홑청에
연분홍 바람이 불었더랬지

우리 아 하나 더 놓까
꽃 같은 딸아 하나 더 놓까
허파에 늦바람이 들고 말았네
아무래도 좋아라

오늘은 바람 불어서 좋은 날
바람 불어도 좋은 날

바람아 불어라
불어라 바람아

엉겅퀴

텅 빈 숲 기슭에
엉겅퀴 홀로 지고 있다

지난 계절,
가시를 세우고 독을 품은 것도
제 설움을 가리고 싶었을 뿐이라며

보라,
보랏빛 한 설움이 지고 있다

한 생을 꼬박 앓고도
꽃으로 스미지 못 한 당신,
그리고 나

보라,
엉겅퀴 하얗게 지고 있다

구절초

가을이 지고 있습니다
구절초도 따라 지고 있습니다
낙엽을 밟으며 당신이 갑니다

무수한 계절이 다녀가고
무수한 꽃들이 피고지도록
미동도 없는 무심무정한 이 별에서

당신과 나의 有情이 아주 잠깐 반짝입니다

이 우주에서 지구라는 별이 빛나는 건
어쩌면
어쩌면
......

구절초가 지고 있습니다
낙엽을 밟으며 당신이 갑니다

사루비아, 니나노 그리고 홍등

붉은 혀

뿌리에 닿아봤으니

되었다

되었다며

고운점박이푸른부전나비

서산에 들고

가을도 저만치 이우는데

사루비아

사루비아

무슨 미련이 남아

紅燈을

밝히고 있느냐

고운점박이푸른부전나비

가고 없는데

붉은 립스틱 짙게 바르고

니나노

니나노

불러도 오지 않을 이

무슨 미련이 남아

홍등을 밝히고 있느냐

그런 저녁

바람이 지나간 후에도 시누대˚가 저리 흔들립니다
새가 날아간 후에도 댓잎이 저리 흐느낍니다
내 생애 전부를 흔든 사람
내 생애 전부를 울린 사람
대숲 사이로 옛사랑이, 옛 문장이 스미어
붉은 노을로 번지는 그런 저녁이 있습니다

모처럼의 산책이라 시 한 수 읊은 것인데
그 사람이 누구냐고 도대체 옛사랑이 누구냐고
그 사람이 자기인 줄도 모르고
옛사랑이 자기인 줄도 모르고
노을 사이로 당신의 얼굴이 노을처럼 붉어지는
붉어도 좋은 그런 저녁이 있습니다

월하정인*

달은 이울어 밤 깊은 삼경인데

달빛이 참 곱다
근데 그거 알아요?
사람만이 계절의 변화를 모르는 거
세상천지 사람만이 철부지라는 거

달빛이 고운들 당신보다 고울까?
당신과 함께라면 철부지로 몇 생이 저문들 서럽지 않겠다
백 년이 일각 같은 생이겠다
달빛 아래 당신과 나의 손금을 포개어
당신의 전생과 나의 후생을 아득히 짚어보는 것인데

두 사람 마음은 두 사람만이 알지 않겠나

---

* 혜원 신윤복이 쓰고 그린 '月下情人—月沈沈夜三更, 兩人心事兩人知'를 옮겨 적다.

먼 산

아득해져야 비로소 제 모습을 드러내는

멀어질수록 짙어지는 그림자가 있다

연분[*]

　뺑소니로 아내와 딸을 잃은 덕구 형은 그해 겨울 산에 들
어가 겨우내 항아리를 구웠다

　울화가 맺혀 살이 든 것이니 불로 태워버려야 한다 항아
리 백 개에 매화 백 송이가 필 때쯤이면 풀릴 거다

　스님의 처방대로 항아리 백 개를 구웠지만 한 계절 또 한
계절이 지났지만 매화는 끝내 피지 않았다

　―그때 마 정말로 죽을라했다 죽을라꼬 약을 묵었는디
이 여자가 날 살려부렀다
　―몽골에서 이역만리 여그까지 시집왔는디 남편이란 작
자가 뱃속에 아만 뿌려노코 먼저 가버렸으니 이녘 팔자도
나맹키로˚ 거시기혀다
　―죽을 놈 살려놨으니 어쩔 거냐고 책임지라고 안 했
나… 근디 실은 이녘 꽃그림에 반해서 살림을 차린기다…
이녘이 이래봬도 그쩍 대학서 동양화를 전공했어야
　―봐라 이게 이녘이 그린 매화랑께

20

덕구 형, 매화문 달 항아리를 꺼내 보여주는데

─그기 아니고… 비슷한 처지라꼬 한 절에서 곁불 쬐다
그저 연분이 난 거지라

병점댁의 한마디에 머쓱하니 웃고 마는 덕구 형
하얀 달 항아리 위로 매화도 슬며시 붉다

---

* 김도연의 소설, 「떡—병점댁의 긴 하루」(『이별전후사의 재인식』), 그 후일담
서론

개망초*

나라를 망쳤으니 망할 년, 망초라 불렀다지요
분이 안 풀려 개 같은 년, 개망초라 불렀다지요

덕구 형이 황망히 세상을 떠나고 몇 번의 계절이 지났을까
병점댁의 편지를 받았습니다
오늘 구례를 떠납니다 먼 훗날 다녀가실지 몰라 산수유
밑에 달항아리 묻어두었습니다

남편 잡아먹었다고 집안 말아먹었다고 시댁에서 내쳤
잖여
집이며 밭이며 보험금까지 전부 시댁에서 가져갔잖여

읍내 터미널에서 딸내미랑 구걸하는 걸 봤다는 소문
미쳤다, 섬에 팔려가 작부가 됐다는 소문

덕구 형과 가꿨던 비탈밭에 붉은 작약 대신 개망초가 하
얗게 번졌던 그해 유월,

소문은 흉흉하고 무성했지만 몽골 여자 병점댁을 실제로
본 사람은 없었습니다

그날 달항아리 속에서 무엇을 보았냐구요 미안합니다 그
것만은 차마 말씀드릴 수가 없군요

상상에 맡기지요
망초, 나라를 망친 꽃이 아니라 고향을 잃은 꽃입니다

---

* 김도연의 소설, 「떡―병점댁의 긴 하루」(『이별전후사의 재인식』), 그 후일담
  결론

배반하면 죽는데이

　우리 좀 더 솔직해지자. 당신이 그녀를 배반하지 않았다면, 평생의 동지였고 애인이었던 그녀를 배반하지 않았다면, 당신이 전임강사가 될 수 있었을까? 그렇다고 당신을 비난하려는 건 아니야. 나도 당신을 차지하려고 옛 애인을 배반했으니까. 언젠가는 우리도 서로를 배반하게 되겠지? 새로운 애인을 만들고 그 만큼의 허기를 채우겠지? 그래 어쩌면 배반이야말로 삶의 동력이고 역사의 동력일지도 모르겠다.

　단편소설을 하나 끄적이고 있는데, 마누라가 한마디 던진다

　이 뭣꼬!
　당신, 배반하면 죽는데이!

남녀체질백서

수컷 잠자리의 비행속도는 시속 58km이다 그러나 비공식 자료에 따르면 등에가 제일 빠르다 등에 수컷이 암컷을 쫓아갈 때의 비행속도는 무려 시속 1백45km이다

사람으로 말하자면 남자는 속력에서 여자는 지구력에서 상대적 우위를 갖고 있다 그러니까 남자의 속력은 종의 기원에 속하고, 여자의 지구력은 연애의 기원에 속한다

아버지의 늙은 속력은 속절없이 무디었으나 어머니의 어린 지구력은 뜻밖에 끈질겼으니 내가 세상에 태어난 것은 종의 기원을 뛰어넘은 일생일대의 사건이다

영식이의 첫

김혜순 시인이 이미 밝힌 바이지만
첫은 첫이라고 부르는 순간 사라지는
그래서 영원히 닿을 수 없는 것
첫에게는 그래서 늘 서툴고
첫에게는 그래서 늘 미안하다

내 친구 영식이에게 지수가 그렇다
술에 취한 날이면
세상의 모든 아비들을 대신해서
내 친구 영식이는 첫딸 지수에게 미안해 한다
죽을 때까지 그럴 것이다

2부

쉰 살, 등신 꽃

그래 졌다, 세상에 지고
그래 졌다, 처자식에 지고
평생을 지고, 지면서도 웃고 있는
바보 같은 꽃

꽃잎이란 꽃잎, 다 지고
꽃대마저 지고 있는데
졌다 내가 졌다, 웃고 있는
지지리°도 물러터진 꽃

어떤 식물도감에도 그 이름 없지만
천지사방 지천으로 지고 있는
졌다 내가 졌다, 웃고 있는
바보 천치 같은 꽃, 꽃

지는 꽃
지고도 웃는, 당신
등신 꽃

어미

지구에는 1,400만 종의 생물이 산다고 알려져 있지만 나는 어미
라는 족속보다 더한 별종을 알지 못한다
―에밀 조르, 「어느 생물학자의 노트」에서

한때는 여자였고 한때는 사람이었으나
모두 아궁이에 던져버리고
스스로 불이 되었으니
어미는 얼마나 뜨거운 족속인가

젖을 달라면 젖을 주마
뼈와 살을 달라면 뼈와 살을 내어주마
내 너를 잃으면 창자를 끊으리라
어미는 얼마나 독한 족속인가

어미를 지펴서 어미를 태워서
한 식구의 구들장°이 절절 끓는 것이다
한 식구의 캄캄했던 밤이 환한 것이다

독한 년! 모진 년!
세상의 욕은 어미가 모두 거둘 것이니

너는 살아야 한다
어미를 딛고 살아남아야 한다

불에 덴다한들 어떠랴
독이 오른들 어떠랴

지구에는 6,000여 종의 언어가 있다고 하지만
어미, 그보다 더 간절한 말을 나는 알지 못한다

욕봤다

대학에 붙었을 때도, 욕봤다
군대 다녀왔을 때도, 욕봤다
취직했을 때도, 욕봤다
결혼했을 때도, 욕봤다
첫애를 봤을 때도, 욕봤다
직장을 그만 두었을 때도, 욕봤다

엄니의 말
욕봤다

온전히 배우려면 아직도 멀다
참 멀다

원식이 아재

월남에서 돌아온 새까만 김상사, 김추자를 입에 달고 다니던

한 쪽 다리와 맞바꾼 것이라며 무공 훈장을 가슴에 달고 살았던

아랫샘밭° 원식이 아재°는 베트남 참전 용사였습니다

어쩌다 술판이 벌어지기라도 하면

아재들은 저마다 무용담을 늘어놓곤 했는데요

검은 비가 쏟아지는 월남의 밀림을 종횡무진 누비던

원식이 아재의 무용담을 감히 누구도 당해내진 못했습니다

월남에서 돌아온 새까만 박상사, 원식이 아재의 무용담이 끝난 건

길고 긴 무용담이 끝난 건

원식이가 대학에 입학했던 1988년의 일입니다

그해 여름, 열아홉 살 원식이가 피를 토하고 죽었습니다

원식이 아재 핏속에 흐르는 고엽제가 원인이었습니다

고엽제가 대물림될 줄 몰랐다며

내가 자식을 죽였다며

사흘낮밤을 통곡하던 원식이 아재는 농약을 마셨고

원식이 아재의 무용담은 마침내 그렇게 끝났습니다

부검을 했는데 원식이 아재의 뱃속에서 무공훈장이 나왔
다는 얘기를 끝으로

우리 집 아재들의 오래 된 무용담도 그렇게 끝이 났습니다

(진이정) 거지

요즘은 자나 깨나 (진이정*) 생각이다 죽은 (진이정)이 산 나를 옭아맸다

그이의 거꾸로 선 꿈이 나를 거꾸로 매달고 그이가 추억을 구걸하던 춘천의 후미진 골목을 배회하는 밤

엘 살롱 드 멕시코, 엘 살롱 멕시코

다시 없는 술집에서 다시 없을 노래를 들으며 싸구려 데 낄라를 마시는 안개의 밤

그의 아트만°은 사라지고 없는데

구체적인, 생생한 그의 아트만을 알지도 못하면서 난수표 같은 그의 시집을 마침내 거꾸로 읽는 난독의 밤

여기저기 (진이정)을 구걸하고 있는 나는 (진이정) 거지
그의 말들을 가져다가 짜깁기하고 있는 나는 (진이정) 짝퉁

그렇다 해도 나를 동정할 필요는 없다

아직 나의 (진이정)은 태어나지 않았다
아직 나의 (진이정)은 죽지 않았으므로

---

* 1959년 강원도 춘천 출생. 1987년 『실천문학』으로 등단. 1993년 폐결핵으로
사망. 1994년 유고 시집, 『거꾸로 선 꿈을 위하여』(세계사) 출간.

권도옥, 未生 혹은 完生의 한 형식

  길 위의 중생들에게 소설을 쓰던 권도옥*을 아느냐 물었더니, 시를 쓰는 네가 모르는 것을 시도 소설도 모르는 내가 어찌 알겠느냐고

  아무도 기억하지 못 하는 한 우주가 있다
  아무도 기억하지 못 하는 한 행성이 있다
  아무도 기억하지 못 하는 한 사람이 있다
  아무도 기억하지 못 하는 한 여자가 있다
  아무도 기억하지 못 하는 한 소설이 있다
  아무도 기억하지 못 하는 한 문장이 있다
  아무도 기억하지 못 하는 한 죽음이 있다
  아무도 기억하지 못 하는 한 생애가 있다

  수보리°야, 갠지스의 모든 모래알만큼이나 많은 시인이 한국에 있다면 너는 이 모든 한국에 있는 시인들이 아주 많다고 하겠느냐? 참으로 많습니다, 세존이시여. 갠지스의 모래알도 헤아릴 수 없는데 하물며 그 많은 한국의 시인들이겠습니까? 수보리야, 이제 너에게 묻겠다. 어떤 사람이 이

많은, 갠지스의 헤아릴 수 없는 모래알만큼이나 많은 한국의 시인들을 보시°한다면, 그 사람은 이 공덕으로 큰 즐거움을 얻겠느냐? 매우 큰 공덕을 얻습니다, 세존이시여. 부처님께서 수보리에게 말씀하셨다. 어떤 사람이 한국의 시인들에게 의지하여 수행하고, 단지 한 시인만이라도 시궁창에 빠졌거나 쓰레기통에서 뒹굴고 있는 사람에게 보시한다면, 이러한 공덕으로 얻는 즐거움은 매우 클 것이니라*

　기억하지 못 한다고 해서
　그 공덕과 그 즐거움이 사라지는 것은 아니다
　별은 죽어서도 수억 년 빛나는 법이다

---

* 1959년 강원도 춘천 출생. 1988년 『문예중앙』 신인상에 중편소설 「이 세상 사는 동안」으로 등단. 1995년 소설집 『그래도 인생은 계속될 것이다』(민음사) 출간. 1998년 2월 자살.
* 부처 말씀(금강경)을 소설가 김도연이 베끼고, 김도연의 소설을 내가 다시 베낀다.

웃기는 짬뽕
— 신미균° 시인

짬뽕에서 벌레가 나왔다고
사내는 당장이라도 드잡이를 놓을 기세다
돈 안 받을 테니 그만들 가시게

속아달라는데 속아줘야지 어쩌겠어
장사가 죄지 사람이 죈가

애인 대신 늙은 식당주인과 마주 앉아
주거니 받거니 죄를 묻다가
주거니 받거니 술잔에 죄 털어버리다가
절대로 오지 않을 애인들에게
마침내 애먼° 죄를 뒤집어씌우는

그래 맞다
우리는 죄다
웃기는 짬뽕들이다

사소한 가난

내 시집 살 돈이 있으면 남의 시집을 산다
딱 그만큼의 가난

택시를 타면 회사 지각이야 면하겠지만 버스를 탄다
딱 그만큼의 가난

선배가 모처럼 소고기 먹자는데, 형 나 소고기 싫어해, 굳
이 뭉텅찌개°에 소주를 마신다
딱 그만큼의 가난

아이들이 바다 가자고 조를 때마다, 미안 아빠가 시간이
없네 대신 일요일에 공지천° 가자
딱 그만큼의 가난

아니다 이것은
누군가에게는 죽어도 이루기 힘든 버킷 리스트°이겠다

묵시록 4장 16절

말끝마다 국민을 입에 달고 사는
당신들

해마다 4월 16일, 4시 16분에
4천1백6십만 명의 국민들이 광장에 모여
4천1백6십만 개의 촛불을 밝히고
4분 16초 동안 묵념을 한다면

캄캄하고 차가운 바닷속
아이들의 비명이 마침내
당신들의 귀에 닿을 수 있을까

국민이라 쓰고 개돼지라 읽는
당신들

섬

한때 나는 나밖에 몰랐다
한때 나는 나밖에 없었다

나 밖의 모두가 떠나가고
마침내 한때도 가고

비로소 보았다 나를
나는 나, 밖에 있었다

시소는 어떻게 세계에 관여하나

두 아이가 시소를 탄다

올라간다 토요일이 내려간다
내려간다 오후 세 시가 올라간다
올라간다 주공아파트 놀이터가 내려간다
내려간다 화단 앞에 죽은 새 한 마리가 올라간다
올라간다 꼬리를 세운 길고양이가 내려간다
내려간다 미동도 없이 먹이를 기다리고 있는 거미가 올라간다
올라간다 정부군과 혁명군의 서로 겨눈 총구가 내려간다
내려간다 아픈 사람과 아픈 짐승과 아픈 신들이 올라간다
올라간다 죽은 교리와 죽은 철학과 죽은 문학이 내려간다
내려간다 옥상 위의 녹슨 안테나와 낡은 비둘기들이 올라간다
올라간다 수신되지 못한 말들과 고장난 비상구들이 내려간다
내려간다 보이는 것들이 올라간다
올라간다 보이지 않는 것들이 내려간다

내려간다 하늘과 구름과 먼 산의 그림자가 올라간다
올라간다 거미와 고양이와 새가 내려간다
내려간다 놀이터와 오후 세 시와 토요일이 올라간다

동희야 동수야 밥 먹자!

시소는 다시, 버려진 세계가, 지루해졌다

처자식

미안하다 처자식 때문에…
서른 살의 나는
나약한 자의 변명일 뿐이라고
비굴이라는 말로 이해했었네

나이 오십에 해고 통보를 받고 보니
처자식이라는 그 말
변명이 아니라, 비굴이 아니라
한 사내의 일생이었네

처자식을 비굴로 읽는 당신
변명을 모르는 서른 살
단단하고 당당한 당신

당신만은 만나지 마시게
처자식이 일생이 되어버린 사내를
부디 당신만은 만나지 마시게

냉이를 엄니꽃이라 부르는 이유

나이 오십에
냉이가 나생이°로 불린 까닭을 처음 알았네

이 작고 하얀 꽃을
밥풀꽃이라 불러주어도 됐을 것을
난쟁이꽃이라 불러도 좋았을 것을
사람들은 그냥 나물이라고 불렀다네
꽃이 아니라 나생이라고 불렀다네

나이 오십에
울 엄니도 여자였다는 것을 처음 알았네

꽃시절, 꽃 피는 시절, 꽃을 버려야 했던
늙은 나생이 같은 울 엄니
울 엄니가 명옥이었다는 것을
곱고 예쁜 꽃이었다는 것을
나이 오십이 되어서야 알았네

노루목고개

날이 저물고 달도 지면 거기가 깜깜절벽이 돼불거든
그럼 귀신도 못 넘는다는 게 노루목고갠˚데
장돌뱅이들은 용케도 넘어오거든
그게 말이지 장돌뱅이들만 아는 별길이 있었어야
그 별길을 따라 넘는다는 거지
근데 젊은 양반이 노루목은 왜 찾는 겨
지금은 노루목고개 업서야
영동고속도로 생기믄서 싹둑 잘렸자녀

별들을 헤아려 캄캄한 노루목고개를 넘었다는
장돌뱅이들 별, 별 이야기로 시끌벅적 했다는
봉평 장터는 이제 없다
노루목고개도 없고 장돌뱅이도 이제 없다

3부

그런 시

고산준령은 욕심내지 말그래이
그런 험한 산을 넘으려면 사람들이 얼매나 힘들겠노
가볍게 산책하듯 넘을 수 있는
야트막한 뒷동산 정도면 좋지 않겠나
완만하니 걷기에도 적당해서
엄마랑 아이랑 손잡고 깔깔거리다 보면
벌써 정상이네 하는 그런 산
산 같지도 않은, 그런 산 말이다

그런 시를 쓰그래이

시를 위한 변명

나의 무지와 무기력에 혐오감을 느끼는 분들께,
나 변하지 않으렵니다
—진이정, 「거꾸로 선 꿈을 위하여 5」에서

이제 시는 죽었다고!
시의 시대는 갔다고!

아니다
시가 죽은 것이 아니다
시인이 죽은 것이다

시인은 본적이 없지라

본적을 만들겠다고 신춘이니 창비니 문지니 하는 거대 문파에 입적하겠다고 굴신거리던 때가 있었지라

수십 년 강호를 떠돌면서 구파일방°의 제자들과 숱하게 일합을 겨뤄봤는데 거 별거 아닙디다

강호의 고수는, 진짜배기는 따로 있지라

무당이니 소림이니 구파일방의 본적을 내밀면 필경 가짜지라

본 적 없다고 오래 전에 본적을 버렸으니 본적을 묻지 말라면 그기 방외거사, 진짜지라

조를 아시나요? 조!

평창군 대화면 산골 출신 아니랄까봐
입맛도 마냥 촌스러운 우리 사장님
얼큰한 장칼국수가 드시고 싶다고
모처럼 진부 시내 명동칼국수집 가던 길인데
밭두렁에 길쭉하니 올라온 풀을 보고,
—사장님 저게 뭐래유?
무심코 물었던 건데
혀를 차며 하시는 말씀,
—넌 조˚도 모르냐! 명색이 시인이라며 조도 모르냐!
그날 이후 나는 조도 모르는 놈이 된 것인데요

그놈의 조!
를 아시나요?

아, 옛날이여

한때 시인은 無籍이었다
無籍이어서 천하무적이었다

한때 시인은 無錢이었다
無錢이어서 천하무적이었다

한때 시인은 無産이었다
無産이어서 천하무적이었다

한때 시인은 無名이었다
無名이어서 천하무적이었다

지금도 그러하냐고?
에끼, 이 사람아, 지금 시인이 어딨노

꼴릴 때 쓰고 꼴리는 대로 쓰고 꼴리도록 써라

모 문학회가 주관하는 행사에 시창작 특강을 하러 갔는데

나이 지긋한 여자들만 스무 명 남짓 앉아 있더라고

그래서 내가 그랬지

보니까 다 내 누님들 같은데, 재밌는 거 다 놔두고 하필이면 재미 하나 없는 시창작 강의를 들으러 왔냐고

이게 웬 걸, 까르르 까르르, 별 얘기도 아닌데 열여섯 살 소녀들처럼 그러더라고

아무튼 밥값은 해야 하니까, 시는 어떻게 쓸 것인가 나름대로 두어 시간 썰을 풀고

마지막으로 내 딴에는 쉽게 정리를 해준답시고

─그러니까 누님들, 다른 건 다 잊어도 좋은데, 이것만은 꼭 기억하셔야 합니다. 시는 꼴릴 때 쓰고 꼴리는 대로 쓰고 독자가 꼴리도록 써라. 아셨죠?

한 건데

난리난리, 육이오 때 난리는 난리도 아니라니

─선생님 거시기는 아직도 꼴리나봐 까르르

─우리 신랑은 아무리 해도 이제 안 꼴려 까르르

─내가 낼 모레 칠순인데 꼴릴 남정네가 있을까 몰러 까르르

이거야 원 봄 밤 개구리들처럼 까르르 까르르 거리는데
대책없이 화르르 화르르 얼굴만 붉어지더라고

그냥 시

왔어요 왔어!
둘이 먹다 셋이 죽어도 모르는 빵!
세상에서 제일 싸고 맛있는 사탕!
그냥 시가 왔어요!

그냥 시를 모르는 당신들을 위하여
나는 오늘도 그냥 시를 굽는다네
노릇노릇 복어처럼 부푼 공갈빵을 굽는다네

그냥 시가 뭐냐고 묻는다면
그냥 시는, 처음부터 그 상태 그대로, 공갈빵이라고

그냥 시를 모르는 당신들을 위하여
나는 오늘도 그냥 시를 굽는다네
달콤새콤 풍선처럼 부푼 구름사탕을 굽는다네

그냥 시가 무슨 뜻이냐고 묻는다면
그냥 시는, 그런 모양으로 줄곧, 구름사탕이라고

그러니 묻지 마시라

태초에 그냥 시가 있었을 뿐이니
세상의 모든 시는 원래 다 그냥 시였을 뿐이니

이제 와서 고백하는데

나의 시 속에 인용했던 많은 인물들은 실은 가상의 인물
이다

가령 「마흔 살의 루 살로메(Lou Andreas Salome 1861~
1937)를 인터뷰하다」에 출연했던 아서 러셀이라는 물리학
자는 세상에 없다

"어떤 감정도 시간의 함수로 계산할 수 있고, 시간은 유
리로 되어 있다"
—물리학자인 아서 러셀(1788~1860)의 노트에서

가령 「어미」에 출연했던 에밀 조르라는 생물학자도 가상
의 인물이다

"지구에는 1,400만 종의 생물이 산다고 알려져 있지만 나
는 어미라는 족속보다 더한 별종을 알지 못한다"
—에밀 조르, 「어느 생물학자의 노트」에서

아서 러셀을 아느냐고 물었을 때
에밀 조르를 아느냐고 물었을 때
안다고, 잘 안다고 대답하는 당신들
나의 거짓말을 버젓이 참말로 만들어주시는 당신들

나는 당신들이 참 좋다
정말로 좋다

마시멜로

그는 특정 단어를 색깔로 구분한다 특정 단어는 냄새로 구분하기도 한다 그러니까 그는 공감각자다 가령 사랑한다는 말이 그에게는 보라색으로 보이며 마시멜로 향이 난다 미움이라는 단어는 붉은색이며 말똥 냄새를 풍긴다 보라색 옷을 입은 여자를 보면 그는 마시멜로 향이 난다며 금세 사랑에 빠진다 하지만 어느 날 여자가 붉은 옷을 입기라도 하면 말똥 냄새가 난다며 여자를 다시 미워한다 그에게 행복은 노란색이고 아카시아 향이다 슬픔은 파란색이고 민트 향이다 하루 종일 선글라스와 마스크를 끼고 있는 그를 만나더라도 놀라거나 오해하지 마시라 그는 미친 것이 아니라 그냥 공감각자일 뿐이다

이중모음

이중모음을 발음하지 못하는 그의 세계는 중학교 국어시간에 자기가 대포로 발포하겠다고 했을 때부터 늘 세개였지만 세계는 여전히 하나였다 어른이 되었지만 그의 겨울은 늘 거울 속에서만 하얀 눈이 내렸고 그의 여름은 어름 속에서 얼음처럼 차가웠다 그는 언제나 여자를 좋아했지만 만나는 여자마다 그의 어자를 싫어했다 그는 마침내 이렇게 말했다 나는 이 세개가 싫어 거울이 싫고 어름이 싫고 어자가 싫어

자화상

소월 목월 그깟 동주, 세상의 시가 우습더라
윤희 미희 그깟 지인, 세상의 여자가 우습더라
열여덟 살, 허언과 허구와 허상의 시절
나는 시인이로소이다!
소문이 나를 시인으로 만들었지만
소문은 소문일 뿐

세상이 등을 돌리더라
마지막 애인이었던 카페의 마담마저 등을 돌리더라
마흔 살, 실업과 실언과 실연의 시절
나는 시인이 아니올시다!
고백이 또한 나를 시인으로 만들었지만
고백은 또한 고백일 뿐

소문 바깥에서는
고백 바깥에서는
나는 한 줄의 시도 쓰지 못했다

진이정을 필사하다

대중도 없고 환호도 없고 독자도 없는 곳으로 가십시오. 그곳에
자리 잡으면 당신의 독자가 새로 창조될 것입니다
　　　　—오규원, 「날이미지와 시」에서

말의 가장 안쪽의 풍경을 필사한다

낡은 비유의 극장을 지나고
비문과 주문의 공동 묘지를 지나고
청춘의 황무지를 지나고
말의 맨 끝에 다다르면 마침내
대중도 없고 환호도 없고 독자도 없는
말의 캄캄절벽

이제 뛰어내리기만 하면 되는데
저 아뜩한 천 길 낭떠러지!
한 걸음만, 딱 한 걸음만 더 내딛으면 되는데

오, 미안하다
차마 뛰어내릴 용기가 내겐 없으니
당신의 독자, 노릇, 하기란, 너무나, 힘들어

줄탁, 오탁번

줄잡아 삼십 년, 생각하고
줄곧 고민했다

오탁번 시집을 읽다가 무릎을 탁,
쳤다

좆도 아닌 것이 좆같이 사람을 울리고
좆돼버린 사람들 좆처럼 다시 서라 웃긴다

그게 시다

엘레지 몰라요? 개자지 몰라요?*
봐라 개자지도 시가 된다

---

*   오탁번 시인의 시, 「엘레지」중에서

4부

사는 게 참 꽃 같아야

며느리도 봤웅께 욕 좀 그만 해야
정히 거시기해불면 거시기 대신에 꽃을 써야
그까짓 거 뭐 어렵다고, 그랴그랴
아침 묵다 말고 마누라랑 약속을 했잖여

이런 꽃 같은!
이런 꽃나!
꽃까!
꽃 꽃 꽃
반나절도 안 돼서 뭔 꽃들이 그리도 피는지

봐야
사는 게 참 꽃 같아야

66

두 마음이 다르지 않다

이제 자기 얘기는 그만 쓰란다
글쎄다

엊그제 일만 해도 그랬다
휴일이고 마침 두 딸도 놀러 나가고
느긋하게 공포영화 한 편을 보고 있던 건데
어깨 너머로 아내가 한마디 하는 거다
그런 영화는 되도록 안 봤으면 좋겠는데…
내가 어린애도 아닌데 어쩌냐 했더니
당신 안에도 어린아이가 살고 있어요 그 아이의 마음이
다칠 수도 있어요

이러니 어찌 안 쓰고 배길까
아무렴

형광등

집이 좀 어둡지 않아?
형광등이 나갔으니 그렇지요

왜 진작 갈지 않고?
다 됐으니 스위치를 켜봐

아빠, 집이 대낮 같아요
식구들의 웃음이 환하게 켜진 그 밤,

당신이 비운 자리마다 등이 하나씩 꺼져 있다고
당신이 비운 사이만큼 등은 조금씩 꺼져 간다고

내 마음의 천장에도
붉은 등을 걸어두었다

빈말

당신 없이 난 못 살아요
결혼 안 할래요 아빠랑 죽을 때까지 살래요

빈말인 줄 알면서도
고맙다 고맙다

당신 말에 책임질 수 있어?
당신 말하고 다르잖아!

한 치의 틈도 허용치 않는
독하고 빽빽한 말의 감옥 속에서
종신형을 살고 있는 사람들
말에 갇혀 오도가도 못 하는 사람들

다시 태어나도 당신과 결혼할 거야
아빠가 세상에서 제일 잘 생겼어

고맙다, 빈말이라도

빈말이어서, 고맙다

공중 같은 말
구름 같은 말

텅

빈

말

미신을 믿는 게 아니지라

절에 다니시는 우리 엄니, 봄날만 되면 부적을 받아 오신
다 안하요

그 스님이 보통 영험한 게 아녀 죽을 사람 여럿 살렸자녀
흘리지 않게 지갑 깊숙이 넣고 댕겨라

툭하면 부적을 가져다가 내 손에 꼬옥 쥐어주시는데, 대
학에 붙는다는 부적, 아들 낳는다는 부적, 돈 많이 번다는
부적, 부적이 많기도 많지라

내도 알지라 미신이지라

미신을 믿는 게 아니라 엄니를 믿는 거지라

내 젖이 참젖이여

횡계사거리 국밥집 두 아지매˚
부산에서 어찌어찌 흘러서 이곳 횡계까지 왔는데
고향붙이라고 언니동생으로 산 게 이십 년이라
어찌나 서로 살가운지
친자매도 그런 친자매 없고
부부도 그런 부부 없는 기라
과부 아지매들 입심은 또 얼매나 찰진지
국밥보다 두 아지매 이바구˚ 들으러 갈 때도 있어야
어제 낮에도 그랴
국밥 하나 말아갖고 와서는
아고 동상, 궁상맞게 혼자 먹어서야 쓰나
두 아지매 떡 하니 밥상머리에 앉더라구
아예 내 국밥을 안주 삼아 주거니 받거니
소주 세 병을 게 눈 감추듯 해치우더니
불콰해진 두 아지매 그러는 거 아니겠어
동상, 오늘 함 주까?
동상, 그라믄 내도 주께
저년 젖은 물젖이니까 보도 말어 쪼매해도 내 젖이 참젖

이다 안카나

　백주대낮에 두 아지매 젖을 훌러덩 까보이는데

　환장하겠더라고

　암만? 정히 못 믿겠거든 횡계사거리 국밥집 가보더라고

빙신, 빙신맹키로

핵교 댕길 땐 빌빌거리던 자슥이
돈을 허벌라게° 써대야
아조 돈지랄을 해대는디 그래도 우짤겨
그 비싼 한우를 언제 배부르게 묵어보간디
자랑질은 또 얼매나 느자구° 없이 해대든지
끝날 때까지 기냥 자랑질을 해대는디
속 맴이야 찜찜하니 환장 해부려싸도 우짜겠어
지가 돈을 낸다고 하는디 맞춰줘야지
근디 한우라꼬 괴기가 쫄깃하니 만나긴 만나데!
거기까정은 그렇다 쳐도
글마가° 늦었응게 택시 타고 가라고 돈을 주잖여
그까적 이만 원, 받질 말았어야 했는디 빙신맹키로!°
지금 생각하면 쪼까° 거시기 해부러야
그래도 늬는 알지?
점례 늬 알지?
느그 남편 아즉 안 죽었어야, 나 안 죽었당께!

74

지가 넘사시러버 그캐도 짠한 거지라

중학교 일학년 겨울방학 때였지라

길음시장인가 지하 단칸방서 화장실도 따로 없어가 요강에 오줌을 누던 시절이지라

큰아, 니는 문단속 단디하고° 새벽에 아궁이 연탄 꼭 갈아야 한데이, 알았제?

그렇게 엄니캉 아부지캉 정선 외할매댁에 댕겨온다며 가신 긴데 사달°이 난 기라

새벽에 뭔가 얼굴을 문질러대서 식겁해가° 잠이 깼는디

문디 가시나가 내 이마에 오줌을 누고 있는 기라

근데 가만 본께 야가 눈은 반쯤 풀리가 홍알홍알 거리는 기라

난리났다 싶어가 형아를 깨우는데 글쎄 야도 인사불성인 기라

주인집으로 뛰가 연탄가스 마셨다꼬 살리달라꼬 쌩 난리 부르스를 쳐서리

형아도 가시나도 용케 목숨을 건진 긴데

지금도 생각하면 넘사시럽고° 짠한 기라

가시나가 내 대굴박에 오줌을 눠가 망정이지 안 그라믄

다 죽었지라
　엄니 울고불고 아부지 결국에는 딸라빚내가
　겨우겨우 화장실 딸린 방 두 칸짜리 전세로 옮긴 기
　다 그케 된 사연이지라
　지난 설인가 추석인가
　봐라, 내 대굴박에 오줌 눈 거 느그 아덜한테 얘기해주까
했더니
　어데, 내 모른다 생각 안 난다 가시나가 그캤지만
　지가 넘사시러버 그캐도 맴속으론 짠한 거지라

사는 게 다 그런 거더라

지난봄에 작은 텃밭 하나를 무상으로 임대받아
평상도 하나 만들고
밭에는 이것저것 씨를 뿌렸더라
콩 심은 데 콩 나고 팥 심은 데 팥 난다 안했나
뿌린 대로 거둔다 안했나
옥수수도 자라고 감자도 자라고 열무도 자랐는데
자라긴 자랐는데 이거야 원
씨를 뿌리지도 않은 온갖 잡초들 옥수수보다 더 크게 자
랐더라
씨를 뿌리지도 않았는데 온갖 들꽃들 다투어 피었더라
이게 옥수수밭인지 감자밭인지 열무밭인지
이를 어쩌나 싶은데
속 모르는 당신은 꽃 피었다고
꽃밭이 되어버린 텃밭을 저리 예뻐라 좋아라 하더라
에라, 오늘 하루 소풍 나온 셈 치자고
꽃밭에 소풍 나온 셈 치자고
막걸리 한 사발 걸치고
평상에 벌러덩 누워버렸더라

노고지리 우지진들 어떠랴
사래° 긴 밭 나중에 갈면 또 어떠랴
에라, 모르겠다
한숨 푹 자고 보자고
사는 게 다 그런 거더라

3월에 폭설이 내리니

경칩 지나 춘분 지나
저리 폭설이 내릴 줄 누가 알았나

봄이라꼬
앞 다퉈 꽃망울 틔우던 봄 처녀들
화들짝 놀란 것인데

시방 이거시 뭔 눈이다냐!
위메 어쩌스까!

한마디씩 뱉으며 꽃망울 도로 접어버리는 것인데

봐라
연분홍 치마 둘둘 말아
휑하니 돌아서는

저기 저

봄 처녀들
봄 처녀들

덕구 형

개울에 물괴기들이 살랑살랑 거리는 거 보면
꽃샘도 잠깐이겠다
시방 산수유가 활짝 필 것 같응께
제수씨랑 애들이랑
한번 내려온나

휴가는 댕겨왔나?
지리산 자락 지날 거면 꼭 들렀다 가라
계곡물에 발 담그면 더위가 싹 가신다
평상도 하나 맹글었다°
참외랑 수박이랑 잘 익었응께 맛도 좀 보고

그리 바쁘나?
단풍이 붉어도 저리 붉을 수가 없네
미친년 널뛰듯 가슴이 콩딱콩딱
보면 니도 환장한다
요번엔 꼭 내려온나

미안해 형, 너무 늦어서 미안해

괘안타 괘안타 웃고 있는
바보처럼 웃고 있는
세상에 없는, 덕구 형

사는 게 참, 참말로 꽃 같아야

선인장에 꽃이 피었구만
생색 좀 낸답시고 한마디 하면
마누라가 하는 말이 있어야

선인장이 꽃을 피운 건
그것이 지금 죽을 지경이란 거유
살붙이래도 남겨둬야 하니까 죽기살기로 꽃 피운 거유

아이고 아이고 고뿔 걸렸구만
이러다 죽겠다고 한마디 하면
마누라가 하는 말이 있어야

엄살 좀 그만 피워유
꽃 피겠슈
그러다 꽃 피겠슈

봐야 사는 게 참, 참말로 꽃 같아야

道를 아십니까? 딸꾹

오전 일곱시

나는 회사로 가는 중이었고 안개 속에서 안개 때문에 벌어진 십중추돌이었고 도로는 어느새 무법천지였고 아우성이었고 으르렁 그르렁 짐승의 본색을 드러내고 그 순간 사방 어디에도 꽃은 없었고

정오 열두시

나는 배가 고팠지만 회사라는 개미지옥에 빠진 일개미였고 마감 자료를 겨우 끝내고 나가려는데 딩동딩동 '도둑고양이 야옹' 단골 술집 마담의 메시지가 뜨고

방가방가 오빠 어뒤?
사무실... 점심 먹으로 나가야 하는데... 왜?
점심 같이 할까?
술이면 술이지 무슨 점심... 이따가 술로 진하게 빨아줄게

ㅋㅋ 근데 오빠 외상값 무지 밀린 거 알지?

대포 안쳐... 치사하게... 계좌번호 불러봐

삐쳤구나 당장 갚으란 게 아닌데^^

인터넷 뱅킹을 하려는데 비밀번호가 틀리다고 세 번을
틀리고 나니 아예 접속을 차단해버리고 치명적 오류가 발
생했다고 은행에 가서 아이디와 비밀번호를 다시 만들라고

나중에 갚을게 인터넷 뱅킹이 안 되네...ㅠㅠ

ㅋㅋ 괜찮아 나중에 갚아도 돼 이따 올 거지?

새로 아이디를 발급받으려면 계좌번호와 비밀번호를 알
려달라고 기억이 나질 않는다고 은행직원은 어처구니없다
고 그래 나도 나를 증명하질 못하는 이 상황이 어이없다고
그래서 어쩔 거냐고 여기는 도대체 어디냐고

밤 열한시

술 한 잔 걸치고 집으로 가는 중이었고 길들은 자꾸만 휘어지고 흔들렸고 도둑고양이는 내가 나온 뒤에도 야옹야옹 술을 팔고 있고 몇 몇 생쥐들은 새옹새옹 취해서 그만 도둑고양이에게 잡혀 먹힐 것이고

택시를 잡으려고 서 있는데 한 청년이 어깨를 톡톡 건드리며 무지 친한 척 하고

"저 혹시 도를 아십니까?"
"……"
"도를 모르시거나 도에 관심이 있으시면 제가 안내해드리고 싶은데요…"
"저기 내가 경찰이거든…"

금세 모른 척 하고 돌아서는 저 청년은 지금 어디로 가는 길일까?

자꾸만 길은 출렁거리고 길 위의 집들도 덩달아 울렁거
리고 길 위의 이정표들은 자꾸만 휘어지고 안전하고 즐거
운 우리 집은 어디더라 어디더라 에라 모르겠고

술을 끊으면 이 모든 것이 해결된다고?
과연 그럴까?

딸꾹

긍정과 웃음에 바치는 노래

김창균(시인)

"친애하는 형. 형에게 이 소박한 작품을 보내오. 이것을 보고 머리도 꼬리도 없다고 말한다면 부당할 수밖에 없는 것이 여기서는 오히려 모두가 동시에, 번갈아서 서로서로, 머리가 되고 꼬리가 되기 때문이지요. 이런 구성이 우리 모두에게, 형에게, 저에게 그리고 독자에게 얼마나 놀라운 편의를 가져올지 생각해보시길 바라오. 우리는 원하는 곳 어디에서나 저는 제 몽상을, 형은 원고를, 독자는 자기 독서를 중단할 수 있지요. (중략)

만일 척추뼈 하나를 들어내신다 해도, 이 꿈틀거리는 환상은 두 토막이 났다가도 어렵지 않게 다시 결합할 것이오. 여러 토막으로 도막을 치시더라도, 그 토막 하나하나가 따로따로 생존하는 것을 보게 될 것이오. 그 가운데 몇 도막이 형을 기

쁘게 하고 즐겁게 하리만큼 충분히 생생하리라 기대하며, 감
히 이 뱀을 통째로 형에게 드리는 바요."*

위 내용은 『파리의 우울』(황현산 역)에 실려 있는 '아르센
우세에게'라는 제목이 붙어 있는 글이다. 박제영의 시는 대
부분의 시편들이 중간 어디를 잘라 읽어도 꿈틀꿈틀 살아나
전편을 일으켜 세운다. 중간을 아니 밑을 빼도 기울거나 무
너지지 않는 시편들이란 말이다. 어느 부분을 읽어도 그의
시는 내용을 훤히 보여주고 있으며 어떤 시를 읽어도 그의
생각과 삶을 잘 들여다볼 수 있다. 꼬리와 몸이 잘려도 절지
된 어떤 부위에서도 싹을 틔우는 말들이란 얼마나 유연하고
찬란한 것인가.

이번 시집 「시인의 말」에서 그는 그가 보여주고 얘기해야
할 것들이 무엇인지, 자신의 시의 방향은 어디로 향해야 하
는지를 선명하게 보여 준다.

"시는 긍정에서 부정을 만드는 억지가 아니라 부정에서 긍
정으로 나아가는 위로라고 믿는다. 세상에는 부자보다 빈자
가 넘쳐나고, 밝음보다는 어둠이 더 깊고, 기쁨보다는 슬픔이
웃음보다는 울음이 넘쳐나지만 그래도 사람들은 산다. 그들
을 지탱해주는 어떤 '긍정'과 '웃음'이 있기 때문이다. 시는

---

* 황현산 역, 『파리의 우울』, 문학동네, 2015, 9쪽

바로 그 긍정과 웃음을 찾아내는 일이라고 믿는다."

—「시인의 말」 중에서

위에서 보는 바와 같이 그는 '긍정'과 '웃음'을 그의 시가 담아야할 내용이라 말하며 그러한 '긍정'과 '웃음'을 찾는 것이 시인의 의무라 생각한다. 이 얼마나 소박하고 말랑말랑한 사유인가. 그는 생긴 것 또한 소탈하고 무욕하다. 친화력이 좋으며 타자를 배려하는 마음이 깊어 그의 주위에는 벗들이 많다. 그의 시 또한 그와 다르지 않으니 이번 시집뿐 아니라 그의 시 전반의 언어는 모두 그의 몸을 통과해 온 말이다. 하여 그의 시는 어렵지 않고 생에 밀착되어 있으며 시류에 부합하거나 좌고우면하지 않는다.

이번 시집에 실린 시들을 대략 몇 가지 정도의 주제로 나눠보면, 첫째, 풍자나 해학을 통한 웃음을 유발하는 시들, 둘째, 가장으로서 가족과 관련된 내용을 쓴 시들, 셋째, 시인의 자세를 나타낸 시들, 넷째, 언어유희를 통해 웃음을 유발하는 시들로 크게 나눠볼 수 있겠다. 이 글은 필자가 발문의 성격으로 쓰는 글이다. '발문이란 책의 끝에 본문 내용의 대강大綱이나 간행과 관련된 사항 등을 짧게 적은 글'이기에 여기에서는 각각의 주제에 해당하는 부분의 작품을 한 두 개 정도 소개하여 그 내용의 대강을 살펴보고자 한다.

한때는 여자였고 한때는 사람이었으나
모두 아궁이에 던져버리고
스스로 불이 되었으니
어미는 얼마나 뜨거운 족속인가

젖을 달라면 젖을 주마
뼈와 살을 달라면 뼈와 살을 내어주마
내 너를 잃으면 창자를 끊으리라
어미는 얼마나 독한 족속인가

어미를 지펴서 어미를 태워서
한 식구의 구들장이 절절 끓는 것이다
한 식구의 캄캄했던 밤이 환한 것이다

(중략)

지구에는 6,000여 종의 언어가 있다고 하지만
어미, 그보다 더 간절한 말을 나는 알지 못한다

—「어미」 부분

그의 이번 시집에서 가족과 관련된 시 중 가장 많은 편수
를 차지하고 있는 것이 엄마와 관련된 작품들이다. 물론 아

내와 관련된 것이나 가장에 관한 시 등등이 있는데 이번 시집은 유독 엄마를 가장 빈번하게 다루고 있다. 그만큼 엄마에 대한 애틋함과 간절함이 시인의 마음에 내재하고 있다는 증거가 아닐까?

여자이기를, 사람이기를 포기하고 오로지 엄마라는 이름으로 존재하는 족속, 자식을 위해서라면 젖과 살과 뼈와 온몸을 내어 주는 족속, 그 어미라는 족속이 있어 식구들은 따뜻하게 생을 유지하고 캄캄한 어둠의 생을 환하게 밝힐 수 있는 것이다. 하여 시인에게 어미라는 말은 지구상에서 가장 절실하고 간절한 말인 것이다. 그리하여 그는 그 누가 뭐라 해도 엄마라는 족속을 절대적으로 믿게 되는 것이다. "툭하면 부적을 가져다가 내 손에 꼬옥 쥐어주시는데, 대학에 붙는다는 부적, 아들 낳는다는 부적, 돈 많이 번다는 부적, 부적이 많기도 많지라//내도 알지라 미신이지라//미신을 믿는 게 아니라 엄니를 믿는 거지라"(「미신을 믿는 게 아니지라」). 이렇듯 시인은 부적이 아니라 부적을 자식에게 기어이 주고자 하는 엄마의 그 마음을 따스하게 받는 것이다.

하지만 그의 마음이 엄마를 생각하는 것에서 가장이라는 스스로에게 이동하면 자조적이고 애잔해진다.

미안하다 처자식 때문에…
서른 살의 나는

나약한 자의 변명일 뿐이라고
비굴이라는 말로 이해했었네

나이 오십에 해고 통보를 받고 보니
처자식이라는 그 말
변명이 아니라, 비굴이 아니라
한 사내의 일생이었네

처자식을 비굴로 읽는 당신
변명을 모르는 서른 살
단단하고 당당한 당신

당신만은 만나지 마시게
처자식이 일생이 되어버린 사내를
부디 당신만은 만나지 마시게

─「처자식」전문

　　이 시는 서른 살의 나와 쉰 살의 내가 서로 말을 주고받는
형식으로 이루어져 있다. 서른 살의 시인은 처자식을 들먹
이는 것을 비굴이라 이해했는데, 나이 오십에 해고 통지서
를 받고 보니 처자식이란 시인에게 인생이고 삶이라는 자각
에 이르게 된다. 그러나 시인은 서른 살의 시인을 변명을 모

르는 단단한 사람으로 여기며 서른 살 시절의 시인을 위안으로 삼으며 그리워한다. 그러면서 서른 살의 시인에게 쉰살의 시인을 부디 만나지 말라고 충고한다. 이로써 쉰 살의 시인은 당당했던 서른 살의 시인을 그리워하며 현재적 시인에 연민을 갖게 되는 것이다. 이 얼마나 쓸쓸하고 또 쓸쓸한 일인가.

그러나 시인은 해학과 타자에 대한 배려를 통해 이러한 쓸쓸함과 애잔함을 넘어서고자 한다.

나의 시 속에 인용했던 많은 인물들은 실은 가상의 인물이다

(중략)

아서 러셀을 아느냐고 물었을 때
에밀 조르를 아느냐고 물었을 때
안다고, 잘 안다고 대답하는 당신들
나의 거짓말을 버젓이 참말로 만들어주시는 당신들

나는 당신들이 참 좋다
정말로 좋다

　　　　　　　　　　　　　　—「이제 와서 고백하는데」 부분

그의 시 「마흔 살의 루 살로메」에 등장하는 '아서 러셀', 「어미」에 등장하는 '에밀 조르'는 세상에 존재하지 않는 학자들이다. 하지만 세상 사람들은 "아서 러셀을 아느냐고 물었을 때/에밀 조르를 아느냐고 물었을 때/안다고, 잘 안다고 대답하는 당신들"이다. 그들은 "나의 거짓말을 버젓이 참말로 만들어주시는 당신들"이다. 이는 지적 허영과 자기기만에 빠져 있는 현대인에 대한 풍자이며 이러한 풍자는 해학을 동반한다.

중학교 일학년 겨울방학 때였지라
길음시장인가 지하 단칸방서 화장실도 따로 없어가 요강에 오줌을 누던 시절이지라
큰아, 니는 문단속 단디하고 새벽에 아궁이 연탄 꼭 갈아야 한데이, 알았제?
그렇게 엄니캉 아부지캉 정선 외할매댁에 댕기온다며 가신 긴데 그만 사달이 난 기라
새벽에 뭔가 얼굴을 문질러대서 식껍해가 잠이 깼는디
문디 가시나가 내 이마에 오줌을 누고 있는 기라
근데 가만 본께 야가 눈은 반쯤 풀리가 홍알홍알 거리는 기라
난리났다 싶어가 형아를 깨우는데 글쎄 야도 인사불성인 기라

주인집으로 뛰가 연탄가스 마셨다꼬 살리달라꼬 쌩 난리
부르스를 쳐서리
　　형아도 가시나도 용케 목숨을 건진 긴데
　　지금도 생각하면 넘사시럽고 짠한 기라
　　가시나가 내 대굴박에 오줌을 눠가 망정이지 안 그라믄 다
죽었지라
　　엄니 울고불고 아부지 결국에는 딸라빚내가
　　겨우겨우 화장실 딸린 방 두 칸짜리 전세로 옮긴 기
　　다 그케 된 사연이지라
　　지난 설인가 추석인가
　　봐라, 내 대굴박에 오줌 눈 거 느그 아덜한테 얘기해주까
했더니
　　어데, 내 모른다 생각 안 난다 가시나가 그캤지만
　　지가 넘사시러버 그캐도 맴속으론 짠한 거지라
　　　　　　　　　—「지가 넘사시러버 그캐도 짠한 거지라」 전문

　　이 시에서 시인은 어린 시절 지독한 가난 때문에 단칸방
에서 연탄가스를 마시고 죽을 고비를 넘긴 형제들에 대한
이야기를 시인 특유의 웃음을 앞세워 전개하고 있다. 가난
과 죽음의 절박함을 이야기 할 때도 시인은 그의 천성인 웃
음과 긍정을 놓지 않는다. 하지만 이러한 반어적 어법이 풀
어 놓는 해학을 따라 읽다보면 어느새 독자들의 가슴에는

그 애잔함이 기척도 없이 번진다. 그러나 이러한 애잔함을 느끼는 순간은 그리 길지 않으며 마침내 그의 웃음을 내재한 긍정적 사유와 생활의 힘은 부지불식간에 주변을 배려하고 살피는 데까지 나아간다.

내 시집 살 돈이 있으면 남의 시집을 산다
딱 그만큼의 가난

택시를 타면 회사 지각이야 면하겠지만 버스를 탄다
딱 그만큼의 가난

선배가 모처럼 소고기 먹자는데, 형 나 소고기 싫어해, 굳이 뭉텅찌개에 소주를 마신다
딱 그만큼의 가난

아이들이 바다 가자고 조를 때마다, 미안 아빠가 시간이 없네 대신 일요일에 공지천 가자
딱 그만큼의 가난

아니다 이것은
누군가에게는 죽어도 이루기 힘든 버킷 리스트이겠다

―「사소한 가난」 전문

시인은 넉넉지 못한 생활을 살지만 '남의 시집을 살 수 있고', '버스를 탈 수 있고', '뭉텅찌개에 소주를 마실 수 있고', '공지천에 놀러갈 수 있다'. 이렇게 생각하며 가다보면 가난하지만 이정도 누리며 사는 것이 시인보다 더 가난한 어떤 사람에게는 평생에 반드시 이루어야할 간절한 소망들인지도 모른다는 생각에 이르게 된다. 하여 시인은 누구보다 부자이며 자신의 현재적 삶을 무한 긍정하는 것이다. 이와 같은 무한 긍정은 시인을 풀과 야생화가 무성하게 자란 텃밭을 보고서도 다음과 같은 삶을 살게 한다.

에라, 오늘 하루 소풍 나온 셈 치자고
꽃밭에 소풍 나온 셈 치자고
막걸리 한 사발 걸치고
평상에 벌러덩 누워버렸더라
노고지리 우지진들 어떠랴
사래 긴 밭 나중에 갈면 또 어떠랴
에라, 모르겠다
한숨 푹 자고 보자고
사는 게 다 그런 거더라

—「사는 게 다 그런 거더라」 부분

이처럼 시인은 아무 걱정도 서두름도 조바심도 없는 여유

로운 삶의 경지에 이른다. 끝내 이르고야 만다. 그리하여 마침내 그는 "시는 꼴릴 때 쓰고 꼴리는 대로 쓰고 독자가 꼴리도록 써라"(「꼴릴 때 쓰고 꼴리는 대로 쓰고 꼴리도록 써라」)라든지, "엄마랑 아이랑 손잡고 깔깔거리다 보면/"벌써 정상이네" 하는 그런 산/산 같지도 않은, 그런 산 말이다//그런 시를 쓰그래이"(「그런 시」)라는 인위적이지 않고 막힘없이 자연스럽게 흘러 넘쳐 대양으로 가는 흐르는 물 같은 시를 쓰라고 자신에게 말한다.

또한 "본 적 없다고 오래 전에 본적을 버렸으니 본적을 묻지 말라면 그기 방외거사, 진짜지라"(「시인은 본적이 없지라」)라고 한다. 의존 명사 '적'과 보통명사 '본적'을 배치하여 의미를 비틀거나 확장하여 묘한 웃음을 자아내는 이 구절은 시의 내용뿐 아니라 시인의 시를 쓰는 자세까지도 어떠해야 하는지를 잘 보여준다. 이와 같은 모든 사유와 삶은 시인을 궁극적으로 "태초에 그냥 시가 있었을 뿐이니/세상의 모든 시는 원래 다 그냥 시였을 뿐이니"(「그냥 시」)라는 인식에 도달하게 하며 上善若水를 시화하는 경지에 이르게 한다.

이정도 사유와 생활의 경지에 이르자 마침내 시인에게는 삶의 모든 것이 "참 꽃 같"이 보일 수밖에 없는 것이다.

> 며느리도 봤응께 욕 좀 그만 해야
> 정히 거시기해불면 거시기 대신에 꽃을 써야

그까짓 거 뭐 어렵다고, 그랴그랴
아침 묵다 말고 마누라랑 약속을 했잖여

이런 꽃 같은!
이런 꽃나!
꽃까!
꽃 꽃 꽃
반나절도 안 돼서 뭔 꽃들이 그리도 피는지

봐야
사는 게 참 꽃 같아야

—「사는 게 참 꽃 같아야」 전문

　욕의 자리에 꽃을 놓는 시인, 이 얼마나 유쾌하고 환한 웃음을 안겨주는가. 현재 우리나라 시단의 여러 시인들은 극도로 낯선 이미지와 말들을 나열하거나 편집하여 우리들 생과 많이 멀어진 시들을 생산해 내고 있다. 글쓰기에서 가장 어려운 것 중의 하나가 쉽게 쓰는 것이다. 쉬운 말 쉬운 내용 속에 빛나는 의미를 담기란 보통의 수련으로는 도달하기 어렵다. 그러나 박제영 시인은 말을 억지스럽게 나열하거나 편집하는 부류들과는 거리가 멀다. 그는 이렇듯 쉽게, 아무렇지도 않은 듯 능청스럽게 말을 구사하며 적확한 자리에

말을 한 수 한 수 놓는다. 말에 꽃이 피는 순간이다. 이러한 언어 구사는 그동안 그가 얼마나 말에 천착하며 고민했는지 그리고 얼마나 많은 말의 험지를 지나 왔는지를 잘 보여주는 증거라 할 수 있다.

하여 시인의 심장을 통과하여 온 언어로 차린 성찬의 자리에 이 땅의 타자들을 기꺼이 초대한다. 부디 맛있고 풍요롭게 즐기시길 바란다.

> 이 우주에서 지구라는 별이 빛나는 건
> 어쩌면
> 어쩌면
> ……
>
> ―「구절초」 부분

끝으로 그가 걸어온 시의 길과 시적 성취에 박수를 보내며 저 말줄임표 속에 나는 이런 말 한 줄 넣는다. '긍정과 웃음이 있기 때문이다'라는.

나부랭이 사랑

김현식(소설가)

　며느리, 마누라, 엄니, 할머니, 두 딸… 박 시인에게 세상
은 참 단출합니다. 옛사람들, 옛 애인, 국밥집 아지매, 덕구
형과 병점댁, 원식이 아재, 춘배 옵빠, 권도옥, 진이정… 박
시인에게 세계는 또한 옹색할 정도로 아담합니다.
　씹어 삼키는 것이 아니라 가만히 머금고만 있어도 절로
넘어와 슬그머니 가슴에 닿는 그의 시는, 편안히 읽히고 수
월하게 외워질 듯한 시편들은, 그만큼의 속앓이가 뻔한 내
력으로 보입니다. 슬픔과 아픔을 맷돌 삼아 시의 씨앗들을
갈아낸 그의 시들의 밑바탕이 바로 '측은지심'임이 훤히 드
러납니다. 그리하여 시인에게 현재적인 사랑이라고는 한 줌
도 숨겨놓은 것이 없음을 문득 알게 됩니다. 그저 '남이 한
사랑'이거나 '옛사랑'일 뿐입니다. 백석의 말을 빌리자면
'사랑 같은 건 더러워서 버리는' 걸까요, 두려운 걸까요.

사랑 앞에 모질게 여린 그의 시집에 무슨 말을 덧붙일까
요. 그저 제목이나 붙여주고 싶습니다. '사랑 나부랭이' 혹
은 '나부랭이 사랑'이라고요. 뜬금없지요…. 그럼에도 그의
시편이 누군가에게는 잊혀진 시심에 귀엿어주는 서늘한
'마중시'가 될 것임을 믿습니다.

낱말풀이

가

공지천: 춘천시 동내면 학곡리에서 발원하여 북쪽으로 흘러 시내를 관통한 후 북한강으로 유입되는 한강수계의 지방하천이다.

구들장: 방고래 위에 깔아 방바닥을 만드는 얇고 넓은 돌.

구파일방: 무림의 대표적인 아홉 개의 거대문파(소림, 무당, 화산, 아미, 점창, 종남, 청성, 공동, 곤륜)와 거지들로 이루어진 개방丐幫을 일러 구파일방九派一幫이라 한다. 이들은 스스로를 정파正派라 하고 그 외의 무리를 사파邪派라 하며 배척하였다.

글마가: '그 녀석'의 남도 방언.

나

나생이: 냉이의 강원도 방언. 나물의 어원인 남새에서 파생된 말이니, 냉이는 고유명사가 아니라 나물이라는 보통명사였던 것.

넘사시럽고: '남우세스럽고(남에게 놀림과 비웃음을 받을 듯하다)'의 남도 방언.

노루목고개: 이효석의 「메밀꽃 필 무렵」에서 허생원이 숨을 헐떡거리며

넘던, 이효석이 봉평과 장평을 오가며 넘어야 했던 고개. 지금은
영동고속도로 건설로 사라짐.

느자구: '싹수(어떤 일이나 사람이 앞으로 잘될 것 같은 낌새나 징조)'의
남도 방언.

다

단디하고: '분명히, 확실히'라는 뜻의 남도 방언.

마

맹글었다: '만들었다'의 남도 방언.

맹키로: '처럼(모양이 서로 비슷하거나 같음을 나타내는 격 조사)'이란
뜻의 남도 방언.

뭉텅찌개: 포기김치와 돼지삼겹살을 통째로 넣어 끓이는 찌개. 춘천의
별미 중 하나.

바

버킷 리스트: 죽기 전에 꼭 해보고 싶은 것들을 적은 목록.

보시: 보살(대승불교도)의 실천 덕목인 육바라밀 가운데 제1의 덕목. 널
리 베푼다는 뜻의 말로서 자비의 마음으로 다른 이에게 아무런 조

건 없이 베풀어 주는 것을 뜻한다.

사

사달: '사고 혹은 탈'의 순우리말.

사래: 이랑(논이나 밭을 갈아 골을 타서 두두룩하게 흙을 쌓아 만든 곳) 혹은 이랑의 길이.

수보리: 석가의 10대 제자 중 하나로 무쟁삼매의 법을 깨쳐 모든 제자들 가운데 제일이라는 평가를 받았다.

시누대: 갈대에 가까운 대나무의 일종이다. 시누대는 향피리와 세피리 를 만드는데 사용된다.

식겁해가: '식겁해서(뜻밖에 놀라 겁을 먹어)'의 남도 방언.

신미균: 시인. 서울에서 태어나 서울교육대학교를 졸업했다. 1996년 『현 대시』로 작품 활동을 시작했으며, 시집으로 『맨홀과 토마토케첩』, 『웃는 나무』, 『웃기는 짬뽕』이 있다.

아

아랫샘밭: 춘천 소양댐 가는 길, 신북읍에 위치한 마을. 아랫샘밭과 윗샘 밭이 있다.

아재: 아저씨 또는 미혼의 남자를 부르는 강원도 화천 방언.

아지매: '아주머니'의 강원도 방언.

아트만: 인간 존재의 영원한 핵을 이르는 인도 철학의 용어. 인도 철학에서 가장 기본이 되는 개념으로, 죽은 뒤에도 살아남아 새로운 생명으로 다시 태어난다고 한다. 브라만이 우주 작용의 근거가 되듯이, 인간의 모든 행동의 저변에 깔려 있으며 브라만의 일부로 서로 통하거나 하나가 되기도 한다.

애먼: '일의 결과가 다른 데로 돌아가 억울하게 혹은 엉뚱하게 느껴지는' 이란 뜻의 관형어.

이바구: '이야기'의 경상도 방언.

자

조: 벼과에 속하는 일년생 단자엽 식물. 쌀이나 보리와 함께 주식의 혼반용으로 이용되며, 엿·떡·소주 및 견사용의 풀, 새의 사료 등으로 이용된다.

쪼까: '조금'의 남도 방언.

지지리: '아주 몹시' 또는 '지긋지긋하게'라는 뜻의 부사어.

하

허벌라게: '아주' 혹은 '많이'의 남도 방언.

그런 저녁

1판 1쇄 발행	2017년 2월 1일
1판 2쇄 발행	2018년 11월 20일
지은이	박제영
펴낸이	임양묵
펴낸곳	솔출판사
기획편집	조소연 이신아 최찬미 임정림
디자인	박민지
경영 및 마케팅	조인선
재무관리	이혜미 김용렬
주소	서울시 마포구 와우산로29가길 80 (서교동)
전화	02-332-1526
팩시밀리	02-332-1529
홈페이지	www.solbook.co.kr
이메일	solbook@solbook.co.kr
출판등록	1990년 9월 15일 제10-420호

ISBN	979-11-6020-013-3 03810

• 이 도서의 국립중앙도서관 출판예정도서목록(CIP)은 서지정보유통지원시스템
  홈페이지(http://seoji.nl.go.kr)와 국가자료공동목록시스템(http://www.nl.go.kr/kolisnet)에서
  이용하실 수 있습니다. (CIP제어번호:CIP2017000915)
• 잘못된 책은 구입한 곳에서 바꿔드립니다.
• 책값은 뒤표지에 표시되어 있습니다.